閱讀123

國家圖書館出版品預行編目資料

泡泡精靈. 1, 尋找魔力星星果 / 嚴淑女文；
蜜可魯圖. -- 第一版. -- 臺北市：親子天下,
2020.07　面；　公分
ISBN 978-957-503-622-5（平裝）
863.596　109007383

泡泡精靈 1
尋找魔力星星果

文｜嚴淑女
圖｜蜜可魯

責任編輯｜陳毓書
美術設計｜林家蓁
校對編輯｜徐世棻
行銷企劃｜王予農、陳亭文

天下雜誌群創辦人｜殷允芃
董事長兼執行長｜何琦瑜
兒童產品事業群
副總經理｜林彥傑
總編輯｜林欣靜
主編｜陳毓書
版權專員｜何晨瑋、黃微真

出版者｜親子天下股份有限公司
地址｜台北市 104 建國北路一段 96 號 4 樓
電話｜（02）2509-2800　傳真｜（02）2509-2462
網址｜www.parenting.com.tw
讀者服務專線｜（02）2662-0332　週一～週五：09:00~17:30
讀者服務傳真｜（02）2662-6048　客服信箱｜bill@cw.com.tw
法律顧問｜台英國際商務法律事務所・羅明通律師
製版印刷｜中原造像股份有限公司
總經銷｜大和圖書有限公司　電話：（02）8990-2588

出版日期｜2020 年 7 月　第一版第一次印行
2022 年 5 月　第一版第三次印行
定價｜280 元
書號｜BKKCD144P
ISBN｜978-957-503-622-5（平裝）

泡泡精靈 1

尋找魔力星星果

文 嚴淑女 圖 蜜可魯

目錄

6. 魔力星星果 90
大聲公，獅吼功！ 64
7. 真正的勇氣魔法 106

1. 100顆彩虹泡泡

涼爽的夏夜，天空又出現美麗的銀河了！山坡上飄出好多彩虹泡泡，往天空飛去。

一個小小的聲音說：

我今晚一定要搭上銀河列車，找到傳說中的魔力星星果，否則就來不及了！拜託！

這時候，天空出現一顆閃光的圓形泡泡，快速朝山坡衝過來。

閃光泡泡速度飛快，撞到樹頂，再彈跳十下，滾了十圈，最後終於停在山坡上。

一個穿著粉紅蓬蓬裙、梳著泡泡頭的小人兒，從打開的泡泡中走出來……

她看著手錶，急得大喊：

波波快一點啦！都是你堅持要先送鳥寶寶回家，任務緊急，我擔心遲到，加快泡泡飛船速度，才會撞到樹！
露露，我第一次坐會彈跳滾滾的泡泡飛船，太好玩了！

露露緊張的說：「泡泡智慧錶一定記錄這次降落失敗，我們會被扣分，怎麼辦？」

她一轉身，不小心碰到波波的腳。

「哎呀！」失去平衡的波波大叫，撞倒露露，他們一起摔倒在毛茸茸的東西上。

露露一抬頭，就看見兩顆巨大的眼睛瞪著她。

「有怪獸！」露露按下手錶上的紅泡泡，大喊：

一顆紅泡泡飛出來，立刻變形成泡泡槍。

露露把波波拉到她身後，緊張的說：

「快按下你胸前的泡泡變身器，變身放大！」

胖皮
願望：從包裝紙
逃出來的兔子
型糖果，
望能和
許願者
大膽
願望：拿到魔力星星果
許願次數：超過 100 次
願望泡泡：100 顆
章魚嘟嘟
在水族箱裡的
寵物章魚，
游泳。

2. 泡泡精靈來了！

「我不是怪獸！」

怪獸趕快撥開長長的毛髮，小小聲的說：「我是小獅子大膽。」

「大膽？」露露按下綠泡泡，泡泡螢幕上出現一張照片、名字和資料。

你就是對著泡泡許了一百次願望的小獅子大膽！
你就是想拿到魔力星星果的大膽！
你們怎麼會知道我的名字和願望！你——你們是誰啊？

「仔細看好了！」露露和波波按下手錶中央的圓形泡泡。

四周立刻飄出好多彩虹泡泡，他們一邊跳泡泡踢踏舞、一邊唱著：

「我是露露！」

踢踏踢踏踢踢踏，

一起來吹泡泡！

願望泡泡飛上天，泡泡精靈就來到！

「你真心許願的願望泡泡全飛到泡泡星了！」波波笑瞇瞇的說。

露露得意的說：「願望能量球連續收到你一百顆相同願望的泡泡，表示你非常——非常想完成這個願望。所以派我們兩個最厲害的泡泡精靈，來幫你完成願望了！」

沒想到，泡泡精靈隨著泡泡出現的傳說是真的耶！大膽常常吹肥皂水泡泡，甚至吹口香糖的泡泡都是為了實現願望，看到泡泡精靈真的出現了！他開心的大叫：

拜託你們快點幫幫我！
等一下！除了真心許願之外，還要看你願意為這個願望付出多少努力才行！

我願意！我願意！只要讓我今晚搭上銀河列車，拿到魔力星星果，我一定會付出百分之百的努力！
為什麼你要急著今晚完成願望呢？

因為我——我是歐茲國的王子，明天早上就是為我準備的獅吼大典了！我必須通過蜘蛛驚魂陣、鬼屋探險、刺刺球陣和高空彈跳四關。最後第五關再用威武的獅吼音，震飛一顆大鉛球。
勇闖五關，一定很好玩！快帶我去玩！
我們不是來玩的！

獅吼大典過五關
蜘蛛驚魂陣
鬼屋探險
高空彈跳
獅吼鉛球飛
刺刺球陣

「一點都不好玩！」大膽難過的說：「爸爸幫我取名『大膽』，希望我成為大膽又勇敢的獅子王。偏偏我的膽子特別小，什麼都怕。我也不會發出獅吼音，根本沒辦法過關！」

「你有認真練習嗎？」露露問。

大膽說：「我每天都很努力，就是做不到！」

「我剛開始也不會倒立。練了一百次就會了！」

波波立刻表演倒立。

今天爸爸陪我練習時，不只被驚嚇和刺傷。高空彈跳到第一百次，他還昏倒了，都是我害的！如果我明天早上不能變勇敢，不能通過獅吼大典，就會失去當國王的資格，我們全家就會被趕出歐茲國！

「沒問題！」波波說：「我們一定會幫你實現願望。」

「沒錯！」露露說：「可是，魔力星星果和你能不能通過獅吼大典有什麼關係呢？」

「每天睡覺前，爸爸都會跟我說同一個故事。傳說只要拿到星光票，搭上銀河列車，找到擁有勇氣魔法的魔力星星果，吃一口，就能變勇敢！」

「原來如此！任務確認！」露露一按綠泡泡，空中飄出三顆文字泡泡，她說：

現在，請跟我一起念實現願望的三大密語：
1. 改變想法
2. 真心相信
3. 馬上行動

念完之後，露露對大膽說：「準備好了嗎？」「準備好了！」大膽認

真的說。

露露用泡泡戒指發射一顆彩虹時光泡泡之後，周圍出現閃耀的金光。

「時間暫停了！」露露說：「我們快去執行任務吧！幫大膽完成願望。」

「沒問題！」波波倒立，開心的說：「我們快去搭銀河列車，找到魔力星星果吧！」

3. 銀河列車飛上天

露露把臉貼近波波，盯著他：「你知道怎麼樣才能搭上『銀河列車』，找到『魔力星星果』嗎？」

「不知道！」波波笑嘻嘻的說。

「真受不了你！」露露拍著頭說：「每次都這樣！」

她馬上按下紫泡泡，連線到泡泡星總部，進入願望能量球的資料庫搜尋。

沒多久，手錶顯示搜尋結果：

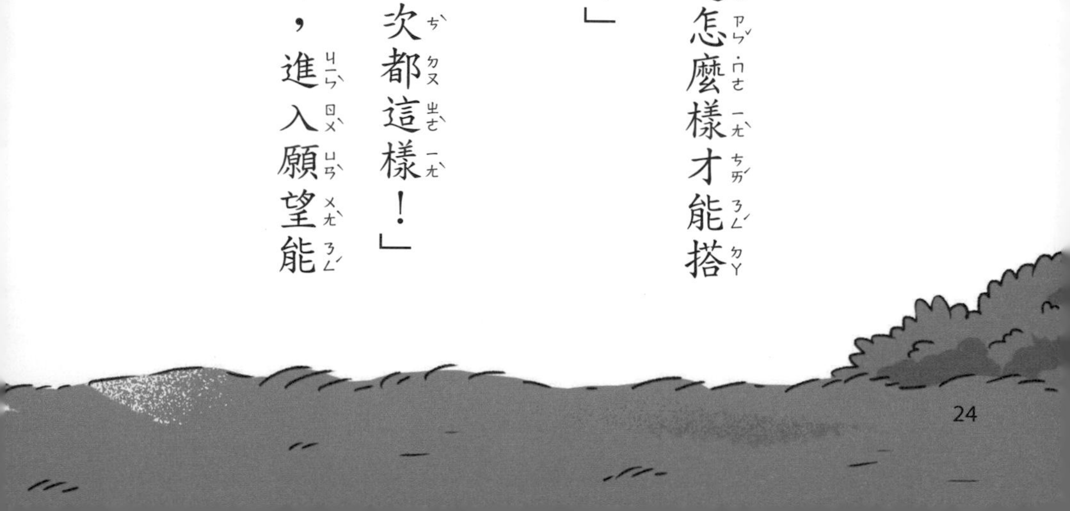

搜尋目標：魔力星星果
可能地點：銀河系中的某一顆星球
相關線索：拿到星光票
特別提醒：搭銀河列車最快
危險指數：7難度高，
請務必小心！

天啊！這次任務難度這麼高啊！
沒問題！一定可以找到方法！
你知道方法嗎？

波波從口袋中拿出一片口香糖，一邊嚼，一邊吹出一個粉紅大泡泡。露露發現波波口袋邊，閃過一道銀光。

「那是什麼？」露露好奇的問。

「草莓口味的泡泡口香糖啊！」

波波拿出一包口香糖。

露露把口香糖翻面，發現後面黏著三張閃亮亮的紙，

她大喊：「銀河列車星光票！」

「太神奇了！星光票怎麼會在我的口袋裡呢？」

「哇！泡泡精靈太厲害了！我們可以搭銀河列車了！」

「太奇怪了！」露露打開泡泡燈，小心的查看四周，卻什麼都沒發現。

嘟嘟嘟！

天空傳來火車的鳴笛聲。

他們一抬頭，就看見天空中有一臺閃著銀光的列車，慢慢開過來。

這臺有四節車廂的列車停在山坡上。

第三節車廂的門打開了！伴隨著輕快的歌聲：

「嘟嘟嘟，銀河列車就要開！
愛玩的小孩
請進來！」

「哇！銀河列車來了，快上車！」大膽馬上拉起波波和露露衝上車。

「好柔軟的椅子啊！」大膽立刻坐上去。

「你們看！」波波指著車廂頂，興奮的說：「上面有好多發光的星座，還會轉動呢！」

露露探出頭來查看車廂，她看見前方座位還有兩位乘客。

她鬆了一口氣：「還好不是幽靈列車。」

銀河列車慢慢離開山坡之後，往天空快速飛去。

「哇！我們飛上天了！」大膽和波波把臉貼在玻璃窗上，開心的大叫。

「親愛的乘客，現在開始驗票。」

一位穿著銀光制服的列車長突然出現在車廂中。

露露把星光票拿出來，列車長用掃描器一掃，跳出一顆金色星星。

星星發出嗶嗶嗶的尖叫聲：

「啟動泡泡接送球！送回地面！」列車長說完，按下列車上的黑色按鈕。

車窗玻璃消失了！

一顆銀光球緊緊吸住波波、露露和大膽。

「救命啊！」波波和露露大叫。

大膽雙手緊緊拉住車廂的椅子大喊：「我不要下車！我要去找魔力星星果！」

吸住他們三個的銀光球飛出車廂，在星空中翻滾時，有三顆金黃大圓球衝了過來，朝銀光球用力一撞！

幾秒鐘之後，他們就聽到砰一聲！銀光球滾落在一顆陌生星球上……

4. 銀河車站大冒險

「哇！太好玩了！」波波開心的又叫又跳。頭昏眼花的大膽，嚇得緊緊拉住露露的腳。

他們降落的地方看起來很像車站。前方是一大片金黃色麥田。好奇的波波馬上要衝進去玩。

「等一下！」露露拉住他說：「我先查清楚這是什麼地方，以策安全！」

當露露按下紫泡泡，在資料庫的地圖中搜尋定位時……
突然有東西跳出來大喊：
啊！
啊！有怪獸！

想不到，跳出來的不是怪獸，而是——露露、波波和大膽！

「哇！他們長得跟我們一模一樣！」波波興奮的說。

看見自己，露露也嚇一大跳！可是她馬上發現他們三個後面都有——一條毛茸茸的金色尾巴！

「狐狸！」露露大聲說：「他們全是狐狸！」

「哎呀！被發現了！」三隻狐狸馬上變回原形。

「歡迎光臨狐狸星座站！」狐狸大哥笑瞇瞇的說：「我們三兄妹剛剛在星空練習變身術，聽到呼救聲，就把你們撞到狐狸星了！」

「謝謝你們！我是泡泡精靈露露，他是波波，還有小獅子大膽。」

「狐狸變身術好酷哦！」波波開心的說：「快教教我！」

「現在不是玩的時候！」露露把波波拉回來。

「怎麼辦！」大膽哭著說：「我們本來要搭銀河列車去尋找魔力星星果，現在卻來到狐狸星！」

「哼！星光票得來太容易，我早就覺得有問題了！」露露生氣的說：「哭也沒有用！現在只能想辦法找到魔力星星果的線索。」

狐狸妹妹說：「我聽奶奶說過魔力星星果的故事喔！」

「真的嗎？」大膽好高興：

「在哪裡？快帶我們去找！」狐狸二哥說：「只有奶奶知道在哪裡，我們去請她幫忙吧！」

「太感謝了！」大膽推著狐狸三兄妹說：「快走！快走！」

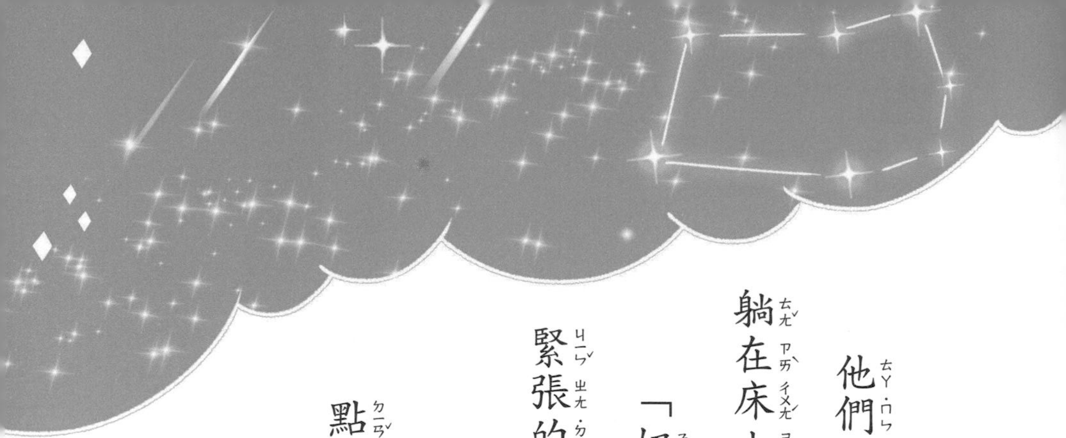

他們一推開森林小屋，就發現奶奶躺在床上。

「奶奶！」狐狸妹妹衝過去，緊張的問：「您生病了嗎？」

「咳咳！」奶奶說：「有點小感冒，沒事沒事！」

「奶奶，」狐狸二哥問：「您知道魔力星星果

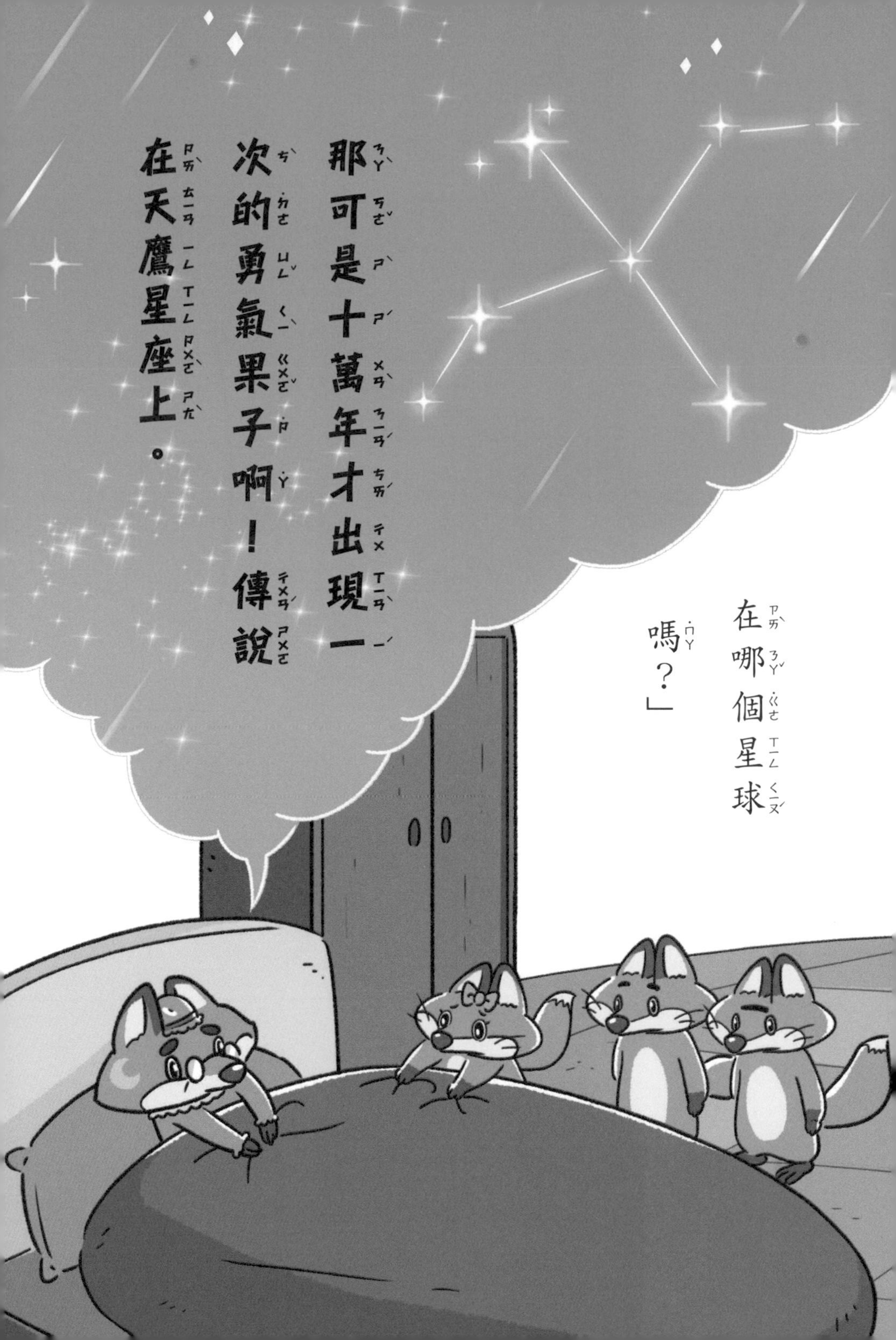
那可是十萬年才出現一次的勇氣果子啊！傳說在天鷹星座上。

在哪個星球嗎？」

「天鷹星座！」大膽開心的說：「我聽爸爸說過！魔力星星果一定在那裡！我們快去吧！」

「我們可不敢去！」三隻狐狸馬上搖搖頭。

「那隻天鷹好凶啊！」狐狸大哥指著屁股說：「上次妹妹被捉走，為了救她，我的屁股還被啄傷，留下一塊大傷疤呢！」

看到大膽失望的表情，波波說：

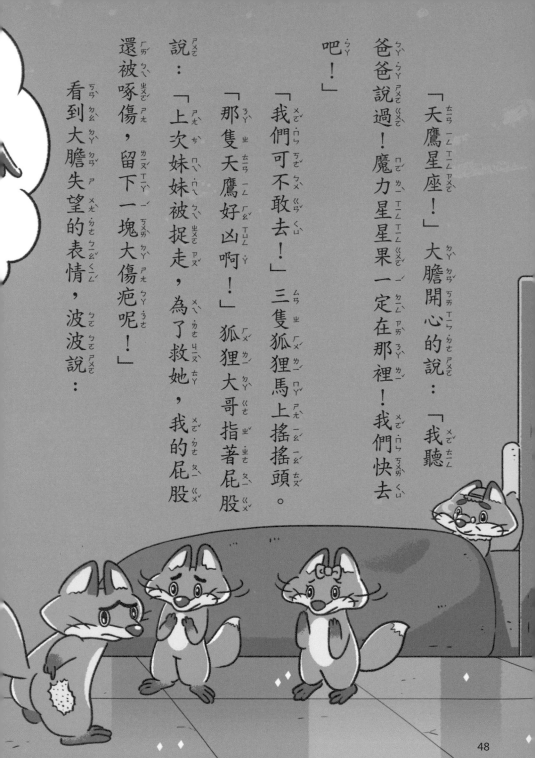

沒問題！我們一定能躲開天鷹攻擊，拿到魔力星星果。
我們一起想辦法！

「讓我來幫你們吧！」奶奶馬上從棉被中拿出一袋小饅頭和一把鑰匙說：「樹下那臺噴射跑車能直達天鷹星。若是遇到天鷹攻擊，丟小饅頭給牠吃，牠就會乖巧的跟天鵝一樣，保證你們拿到勇氣果子！」

「哇！謝謝奶奶！」大膽開心的抱著奶奶親了又親，把奶奶的帽子都弄歪了。

「奶奶，我幫您把帽子戴好！」波波被絆倒，摔了一跤，一不小心就把帽子拉掉了。

「奶奶，您怎麼變光頭了？」

狐狸三兄妹嚇了一大跳。

「太奇怪了！」露露撿起帽子，要仔細檢查。

奶奶趕快把帽子搶過來戴好，然後把他們全推出去：「啊！因為……因為天氣太熱，我才把頭髮理光！你們快走吧！」

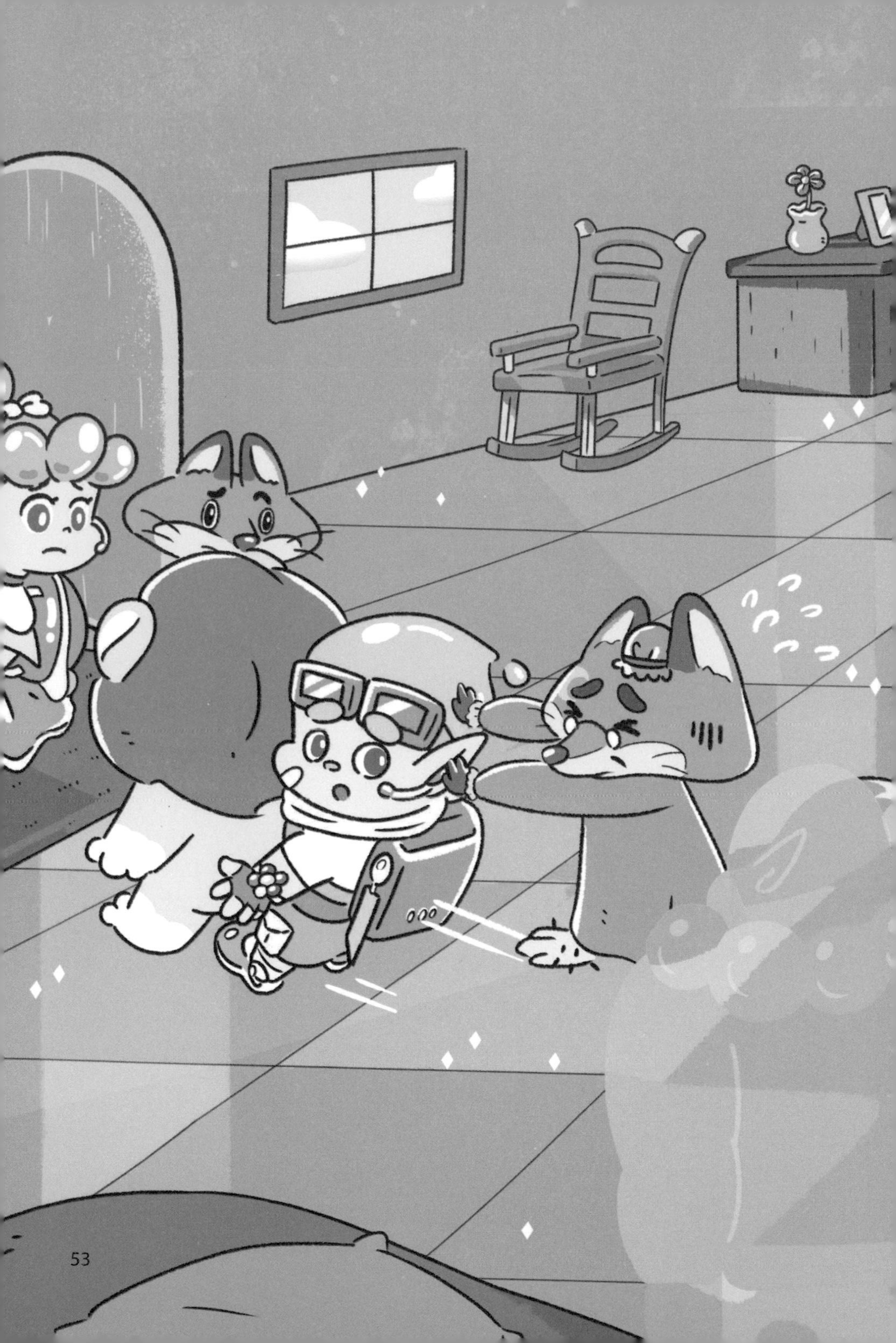

狐狸三兄妹在樹下找到噴射跑車，讓露露他們坐上跑車之後，揮揮手說：

祝你們幸運！
別被天鷹啄到屁股喔！
快點找到魔力星星果！

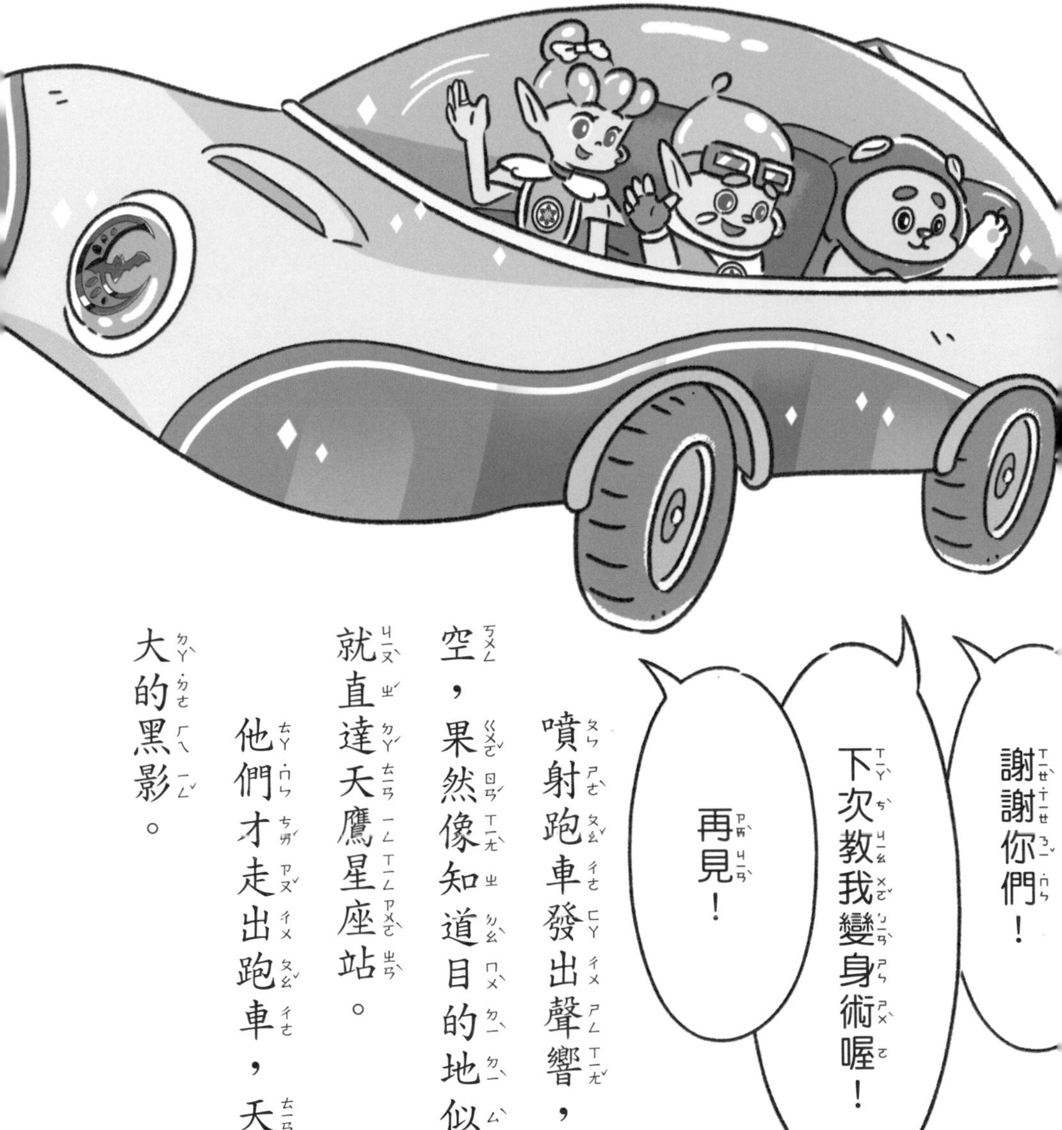

噴射跑車發出聲響，快速衝向天空，果然像知道目的地似的，沒多久就直達天鷹星座站。

他們才走出跑車，天空就出現巨大的黑影。

「大膽！」一隻超級大的天鷹撲飛下來，大喊：「竟敢闖入我的天鷹星座站，打擾我睡覺！」

「哇！你好厲害，竟然知道我的名字！」大膽好驚訝。

「你是誰啊？」天鷹氣呼呼的說：「好大的膽子！」

「他是大膽！」波波說。

「他是大膽？」天鷹愣了一下。

大膽是我。我就是大膽。
好啊！竟敢戲弄我！我看你膽子有多大，看我的尖爪攻擊！

等一下！天鷹大人別生氣。他的名字叫大膽啦！只是膽子太小了。聽說天鷹星座有讓他變勇敢的魔力星星果，請您告訴我們在哪裡好嗎？拿到果子，我們馬上離開。

哼！只有『獅子抖抖星』上那隻膽小獅，才會天天守著那顆勇氣果子。我們天鷹天生勇猛，根本不需要！

露露聽完眼睛一亮，她知道要去哪裡找了！

「勇猛的天鷹大人，謝謝您！我們有急事先走了！」露露馬上推著波波和大膽往外走。

謝謝天鷹大人，我們走了，您繼續睡覺吧！
一——個都不准走！
救命啊！
大膽！快一點丟小饅頭！
大膽太緊張了，竟然把小饅頭丟到天鷹頭上。

大膽！竟敢攻擊我！
波波！快用泡泡球棒！

波波按下紅泡泡，大喊：

「泡泡球棒！」

露露把小饅頭往前一丟，波波用力揮棒，小饅頭飛進天鷹張開的大嘴裡！

「成功了！」露露和波波開心擊掌。

想不到吃完小饅頭，天鷹不但沒有變成溫柔的天鵝，反而變成一隻瘋狂的鷹。

「怎麼會這樣？」

大膽嚇得躲在角落。

露露不斷的丟小饅頭，波波不斷的揮棒，把一整袋小饅頭都吃完的天鷹，變成一隻超級瘋狂的鷹，追著露露和波波到處飛，羽毛掉滿地。

5. 大聲公，獅吼功！

露露和波波拿著泡泡槍，不斷的朝天鷹發射黏踢踢泡泡。

但是，瘋狂亂飛的天鷹閃過所有泡泡，朝躲在角落的大膽衝過去！

波波衝過去要救大膽時，不小心摔了一跤，一頭撞進大膽的肚子。

大膽痛得張嘴大叫……

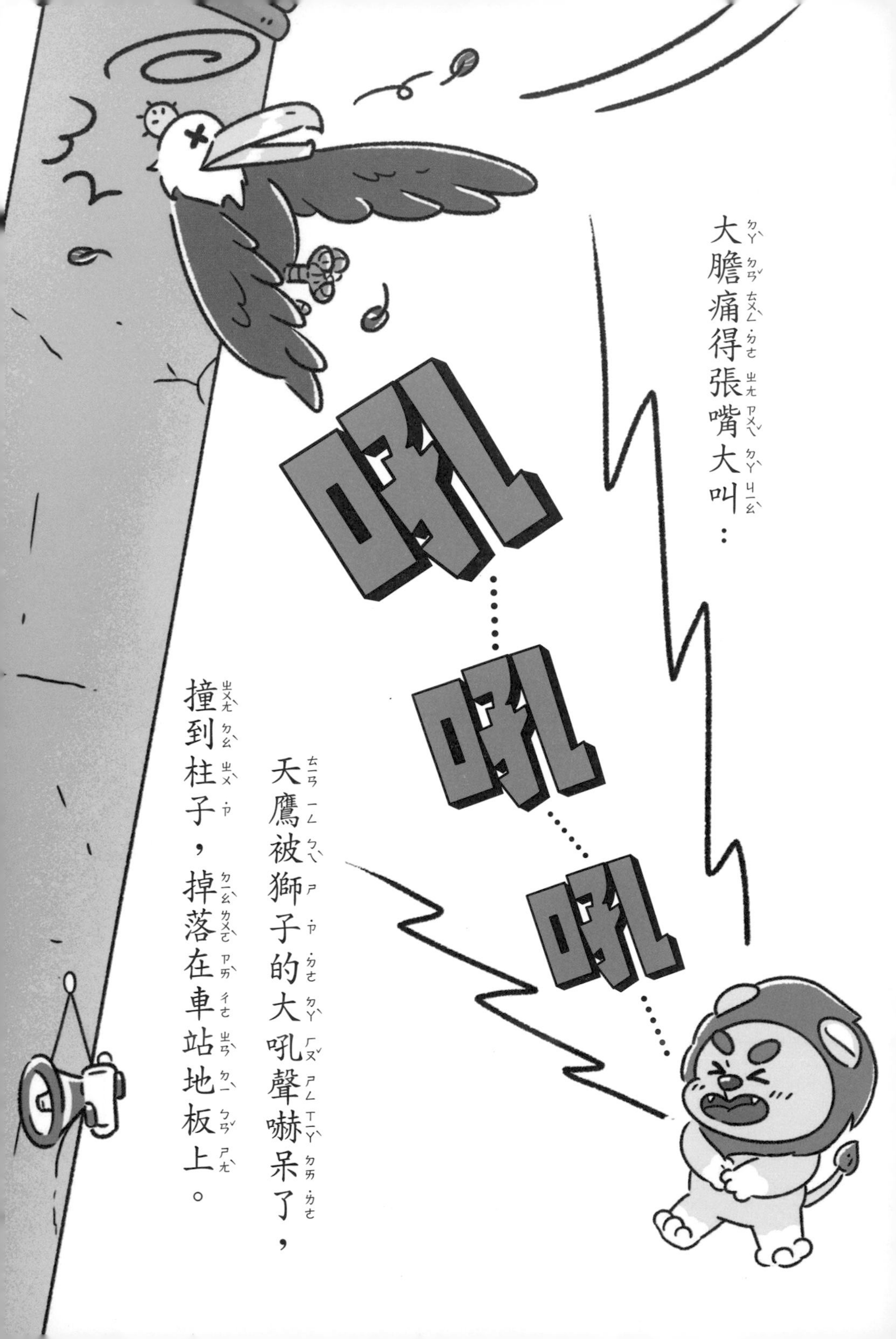

天鷹被獅子的大吼聲嚇呆了，撞到柱子，掉落在車站地板上。

露露趕快發射更多黏踢踢泡泡，把天鷹黏得動彈不得。

「哇！大膽，你的獅吼音好厲害啊！」波波拍拍手，說：「天鷹都被你嚇得掉下來了！」

「你……你撞得我好痛啊！」大膽抱著肚子。

「呵呵呵！對不起！」波波笑著摸摸頭。

「趁天鷹還沒清醒，我們快點到『獅子抖抖星』吧！」露露按下紫泡泡，出現一張銀河系星空圖。

「糟了！」露露看著星空圖，說：「上面沒有顯示『獅子抖抖星』的位置。」

「啊！那我們要怎麼去啊？」大膽又想哭了。

沒問題！我去問天鷹，他肯定知道！
他不可能告訴你啦！

要試試看才知道啊！天鷹大人，請問『獅子抖抖星』在哪裡？如何去呢？

頭昏眼花的天鷹，一直重複說：

大聲公，獅吼功……

大聲公，獅吼功……

大聲公，獅吼功……

「什麼意思啊？」

大膽摸著頭，好奇的問。

露露查了一下，秀出圖片說：

「大聲公就是喊話的擴音器。獅吼功應該是……」

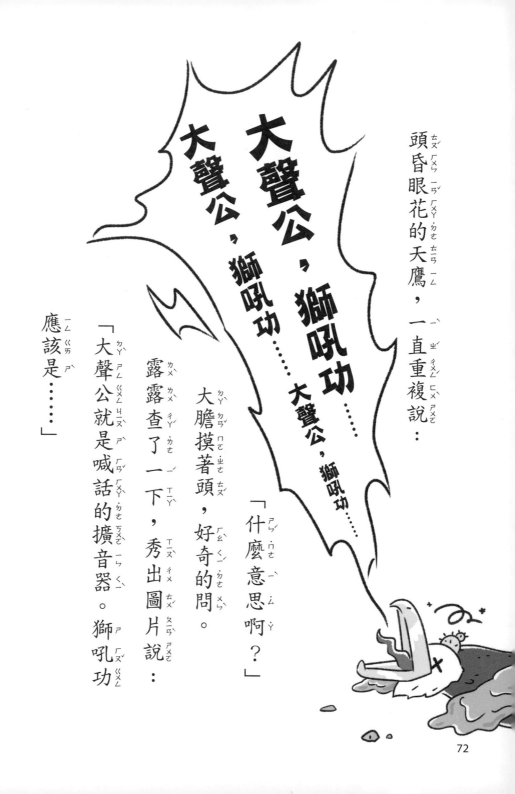

「我知道！」波波從車站柱子上拿下大聲公，遞給大膽：「獅吼功，就是大膽的吼叫聲啊！你快試試看！」

「我不行啦！」大膽搖搖頭。

這時候，天鷹清醒了，他用力掙扎，大叫一聲：「你們別想逃走！」

大膽，快一點大吼！等天鷹掙脫，就來不及了！
我……我不敢啦！
你不要一直說不敢！你都還沒試過，怎麼會知道自己不行呢？

波波往前用力踏一步，不小心踩到大膽的腳。大膽痛得對著大聲公大叫：

沒錯！你要相信自己，試試看！

巨大的吼聲，透過大聲公把一波波的強烈聲波往星空中傳送。

星空中馬上出現一顆獅子星和一條連接星球的金色步道。

「大膽，你的獅吼功好厲害啊！」波波用力鼓掌。

「你……你踩到我的腳，好痛啊！」大膽指著腳說。

「呵呵呵！對不起！」波波趕快把穿著彈跳鞋的大腳移開。

「『獅子抖抖星』出現了！我們快開車過去吧！」露露一回頭，卻發現噴射跑車已經消失，變成一顆黑泡泡！

「奇怪？」露露說：「那我們只好走過去了！」

「我……我不行啦！」大膽嚇得臉色發白，說：「我怕高啊！」

「沒問題！」波波馬上倒立走在步道上，輕鬆的說：「步道很堅固，你快走過來！」

露露拉著大膽，走上金色步道，她大聲說：「你要的魔力星星果就在那顆星球上，你到底想不想變勇敢？」

「當然想啊！」大膽抬起頭看著露露。

「那你就不要說不行！要大聲說『我可以』！」

「好！」大膽用大一點的聲音說：「為了魔力星星果，我可以走過步道！妳不能放開我的手喔！」

「放心！我會保護你。」

大膽緊緊拉住露露的手，閉上眼睛，慢慢往前走。

他們走到一半的時候，步道突然開始劇烈搖晃。

露露回頭一看，掙脫黏踢踢泡泡的天鷹，飛撲了過來！

「波波、大膽，快點跑啊！」露露大喊之後，快速往前跑。

就在最後一秒，他們滾進「獅子抖抖星」的車站，金色步道消失，天鷹也不見了！

「呼！好險啊！」露露鬆了一口氣。

大膽看到遠方山坡上有一個閃著七彩光芒的星星摩天輪。

「魔力星星果一定在那裡！」大膽開心的往前快跑。

大家跟著大膽，快速衝到山坡上。

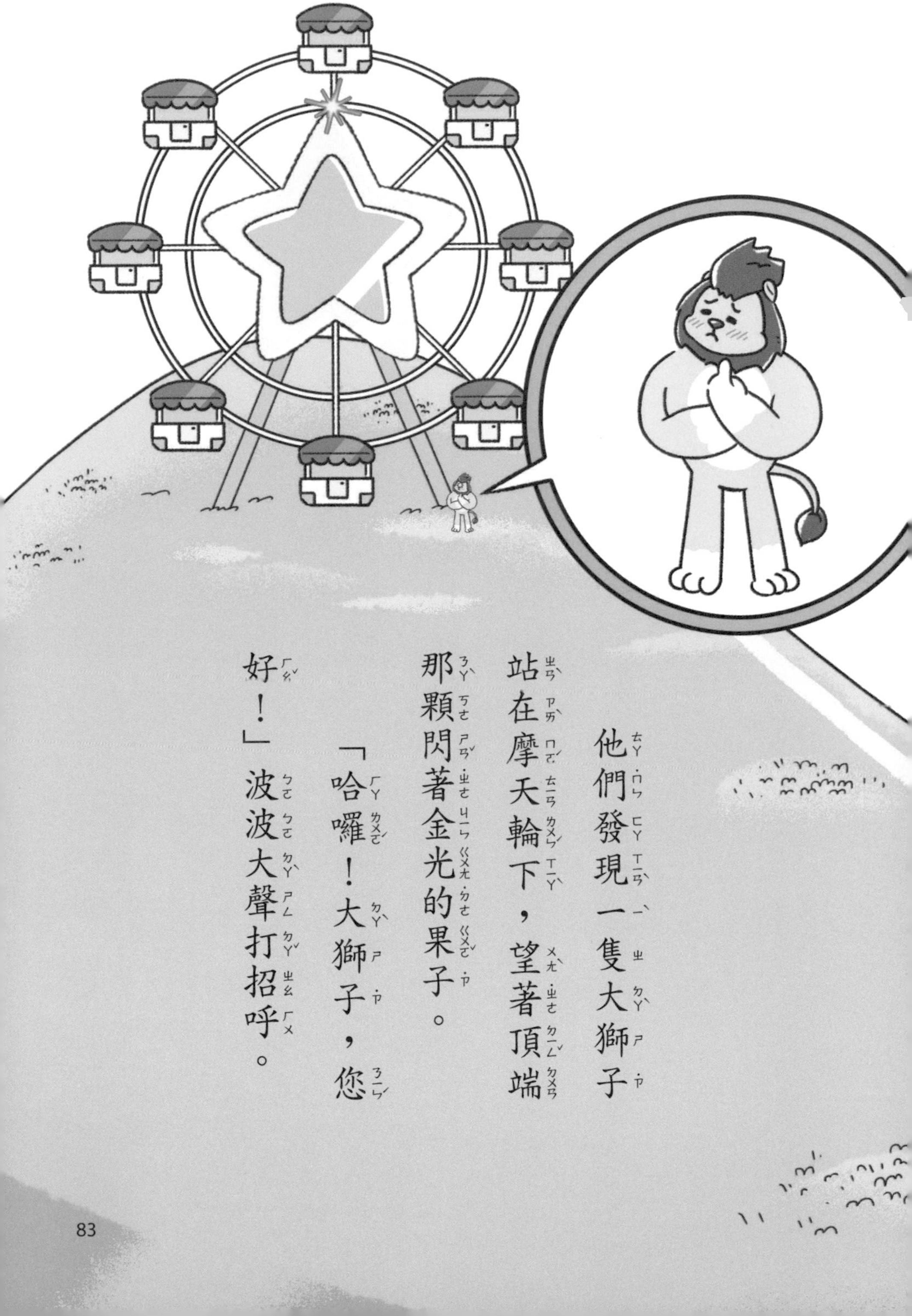

他們發現一隻大獅子站在摩天輪下，望著頂端那顆閃著金光的果子。

「哈囉！大獅子，您好！」波波大聲打招呼。

大獅子嚇得躲到摩天輪後面，小聲的問：「你們是誰？請別搶走我的魔力星星果，我想要變勇敢啊！」

「啊！您也跟我一樣膽小嗎？」大膽驚訝的問。

「是啊！」大獅子低下頭說：「我是『獅子抖抖星』上最膽小的獅子王。聽說吃一口魔力星星果，就能得到變勇敢的勇氣魔法。」

「您為什麼不搭摩天輪上去拿果子呢？」波波好奇的問。

大獅子摸摸頭，不好意思的說：「因為我怕高！」

「啊！您這麼高大，也跟我一樣怕高啊！」大膽更驚訝了。

「您天天都守在這裡？」露露問：「您有試著上去嗎？」

「我曾經搭過一次。」大獅子小聲的說：「摩天輪才轉到一半，我覺得太可怕了，馬上按下

遙控器，轉回地面。」

「啊！才一次！」大膽驚訝的說：「我爸爸也怕高。為了示範給我看，他還高空彈跳一百次呢！」

「我練倒立，一直練到第一百次才成功！」波波馬上倒立給大獅子看。

「對啊！」露露指著魔力星星果說：「如果你願意多試幾次，你的願望馬上就會實現！」

「我……我還是會怕啊！」大獅子難過的低下頭，一顆眼淚落了下來。

「沒問題！」波波摸摸大獅子之後，他拉著大膽說：「你快上去摘魔力星星果，分大獅子吃一口，你和大獅子都能變勇敢了！」

大膽看看難過的大獅子，再抬頭看著

閃亮的魔力星星果，他深吸一口氣，用大一點的聲音說：

「好！我試試看！」

6. 魔力星星果

露露讓大膽坐進摩天輪，波波按下上升按鈕。

大膽看著摩天輪離地面越來越遠，他全身冒冷汗，他害怕的說：「我……我可能做不到！」

「沒問題！」波波對大膽說：「你只要閉上眼睛，專心想著魔力星星果就行了！」

「不要往下看，你就不會怕！」露露也鼓勵大膽。

「大膽，我相信你。」大獅子看著他的眼睛，小聲

的說：「拜託你了！」

看著大獅子，大膽想起不管他失敗多少次，爸爸總是摸摸他的頭，對他說：「我相信你。你一定可以做到！」

大膽知道不能讓爸爸再為他受傷，他更要保護全家人！

他閉上眼睛，深呼吸，感覺有一股力量從心中慢慢升上來了！

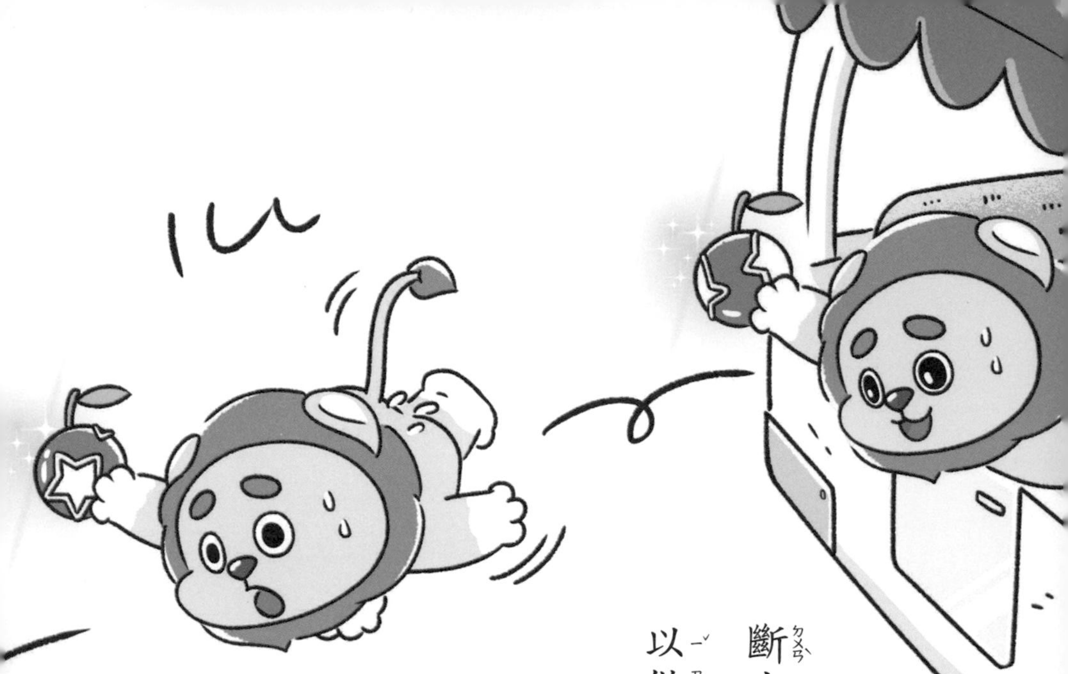

隨著摩天輪越轉越高，大膽不斷告訴自己：「我可以做到！我可以做到！」

當摩天輪停在最上方，大膽跨出車廂，伸手拿到魔力星星果的時候，他開心的歡呼：

「我終於拿到了！」

沒想到，他一腳踩空，

從空中掉下來了！

大膽嚇得大喊：「啊！救命啊！」

波波馬上從手套彈出一顆彈力大泡泡。

他和露露抱著大泡泡，讓緊緊捉住魔力星星果的大膽安全降落在泡泡上。

大獅子看著發出金光的魔力星星果，高興的說：「我終於可以變勇敢了！」

大膽敲敲果子：「這殼好硬啊！要怎麼吃呢？」

「應該要先把殼打開吧？」露露摸著果子問：「要從哪裡打開呢？」

這果子亮晶晶，我猜，就像阿拉丁神燈，只要摩擦摩擦，就會有星星果精靈跑出來，送上吃了馬

但是，波波和大膽摩擦了好久，果子沒有打開，也沒有精靈跑出來。

大膽拿著果子，失望的說：「好不容易才找到魔力星星果，卻打不開，怎麼辦？」

突然，空中出現一張泡泡網，把魔力星星果搶走了！這時候，一大一小的身影從隱形泡泡中走出來。

原來是你們！
嗨，呼拉拉、呼魯魯！你們也來『獅子抖抖星』玩嗎？
快還給我！

「嗨，波波！」呼魯魯也揮揮手，高興的說：「我們的隱形泡泡很厲害吧？一路上都沒有被你們發現耶！」

「別跟敵人打招呼！別洩漏我們的祕密！」呼拉拉瞪了呼魯魯一眼。

呼拉拉轉身對露露和波波說：

「哈哈哈，這一路上我精心安排的破壞行動，很巧妙吧？」

「原來就是你這個黑魔法泡泡精靈在搞鬼！」露露好生氣。「你為什麼要破壞任務？」

因為你們這兩個小鬼，害我沒選上泡泡精靈國的國王！所以我要報仇！魔力星星果我拿走了，你們的任務失敗！
請……請把魔力星星果還給我好嗎？那是我好不容易才摘下來，讓我和大獅子變勇敢的勇氣果子。

「你有膽就過來拿啊！」呼拉拉笑著說：「你爸爸以前在歐茲國就是一隻膽小獅！生下的兒子取名『大膽』，還是和他一樣膽小，這是永遠無法改變的，哈哈哈！」

聽到呼拉拉嘲笑他最愛的爸爸，大膽覺得心中有一股怒火升上來了！他突然大吼三聲：

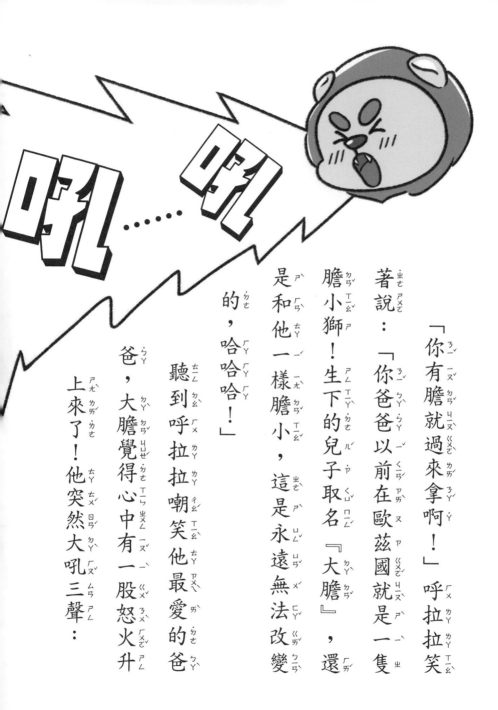

吼……

不許說爸爸的壞話，他在我心中永遠是最勇敢、最厲害、最愛我的爸爸！

呼拉拉愣住了！他沒想到大膽可以發出這麼大的聲音。

大膽大步走向前，拿回魔力星星果，並對著呼拉拉大聲說：「我叫大膽！大膽就是我！」

大膽超大的獅吼音把呼拉拉和呼魯魯震飛到摩天輪上！

波波拍拍手，興奮的大喊：

「大膽的獅吼音太強了！」

聽到大膽充滿力量的獅吼音，大獅子也忍不住吼起來。只是太久沒吼的他，只能發出小小又沙啞的聲音。

「我們一起吼吼看吧！」大膽拉著大獅子一起練習。

練習幾次之後，他們不僅能大吼，還一起大聲喊出自己的名字。

我叫壯壯！吼……吼
太好玩了！我叫波波！
我叫露露！

7. 真正的勇氣魔法

他們幾個大喊名字的巨大聲響，讓魔力星星果發出閃耀的金光，慢慢打開了！

從魔力星星果中傳來勇氣十足的聲音：

名字是爸爸媽媽對你滿滿的祝福和愛。

大膽，你今天的表現，

就跟你的名字一樣大膽而勇敢。

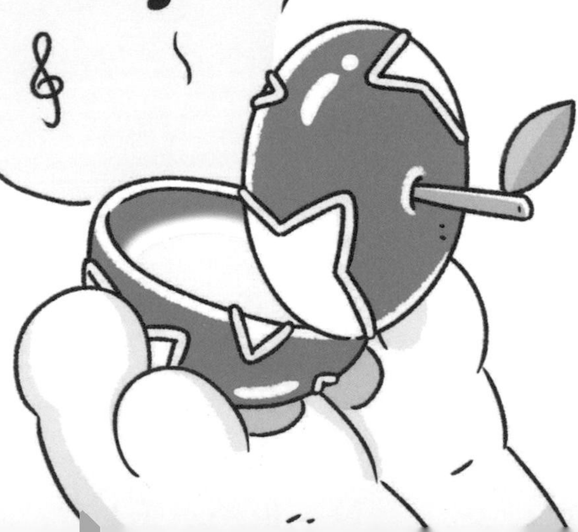

其實，真正的勇氣魔法就在自己身上。
只要願意相信自己，
馬上行動，天下無難事！
魔力星星果綻放出最美麗的色彩之後，就在大膽的手中慢慢消失！
啊！不要消失！我一定要破壞他們的任務啊！
啪啪啪！
哇！魔力星星果好美喔！

這時候，波波發現摩天輪中央閃著紅光，「你們看！」波波開心的大叫：「那裡有個紅光星星按鈕！」好奇的波波，馬上按下彈跳鞋，衝上去。

「危險！」露露對著波波大喊：「別亂按！」

來不及了！

波波已經用力按下星星按鈕了！

摩天輪開始瘋狂加速。轉動的速度越來越快、越來越快，快到把呼拉拉和呼魯魯甩出去，飛向一顆怪獸星球！

呼拉拉的吼聲越來越遠，最後消失在星空。

「太好了！」露露拍拍手說：「破壞王被噴走了！」

「謝謝你們。我相信我能像我的名字『壯壯』一樣勇敢，因為魔力星星果說勇氣魔法就在自己的身上。我要把星球改名『獅子壯壯星』，開始練習不害怕！」

「我也要開始練習！」大膽大聲說：「我相信我也可以像我的名字一樣大膽又勇敢。」

「小獅子大膽；大獅子壯壯。」波波邊喊邊說：「大膽壯壯，聽起來就好厲害哦！」

「任務完成，時間也到了！」露露看看手錶：「我們要送大膽回家了！」

「歡迎你們再來玩！」大獅子說。

「沒問題！」波波開心的倒立。

露露和波波駕駛泡泡飛船，送大膽回到歐茲國。露露用泡泡戒指收回彩虹時光泡泡，解除時間暫停的設定。

謝謝露露和波波幫我實現願望。我要趕快回家告訴爸爸這個好消息！明天的獅吼大典，我一定可以勇闖五關。我有信心能用獅吼音震飛那顆大鉛球！

太好了！
祝你獅吼大典大成功！

露露和波波搭著泡泡飛船回到泡泡星。

他們走近在百合花裡的願望能量球。

泡泡任務機掃描露露和波波的泡泡智慧錶，將手錶記錄實現願望的能量，輸入願望能量球中。願望能量球裡的能量指數，又多了五百。

任務機發出聲音：

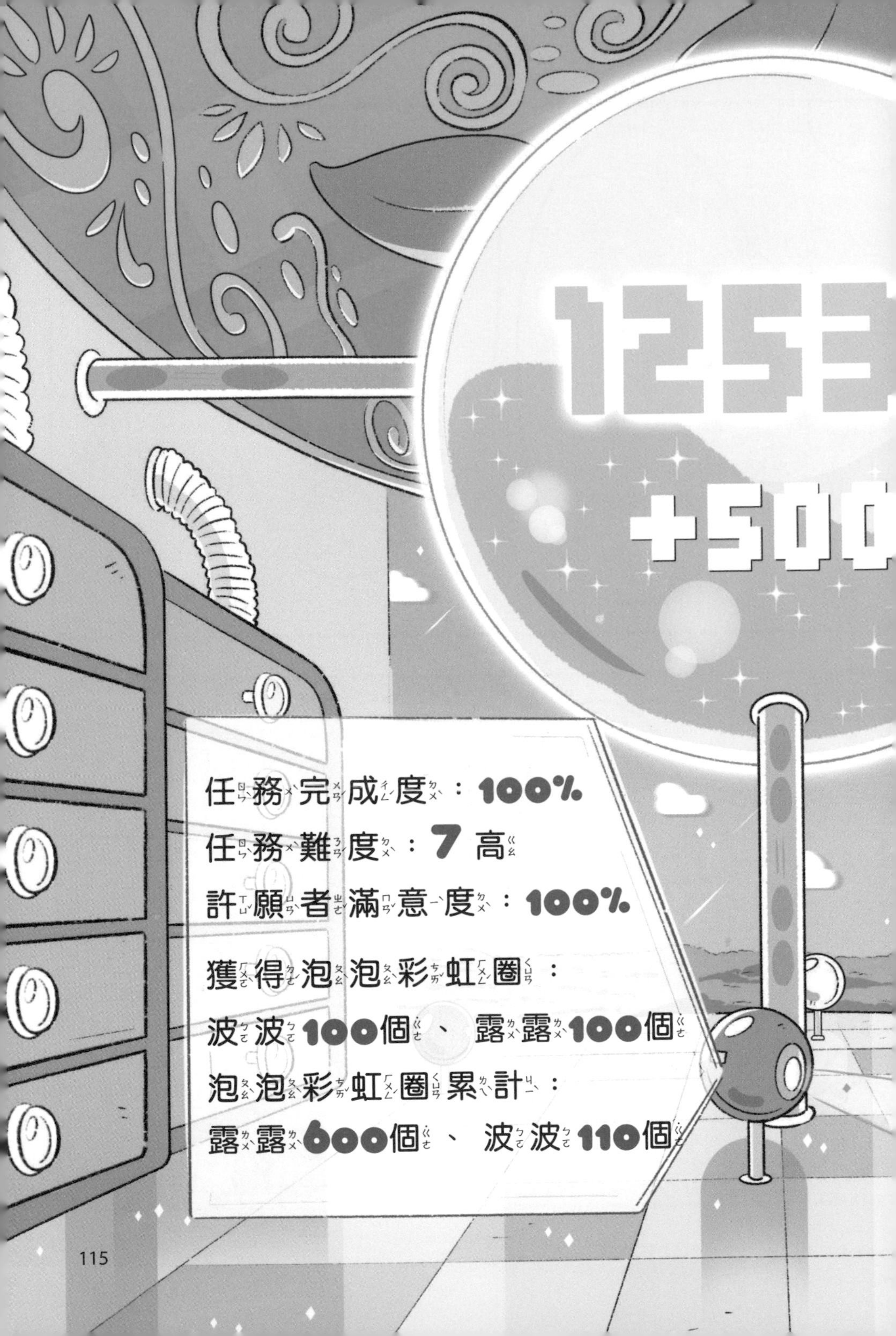
任務完成度：100%
任務難度：7高
許願者滿意度：100%
獲得泡泡彩虹圈：
波波100個、露露100個
泡泡彩虹圈累計：
露露600個、波波110個

太好了！我的泡泡撲滿豬有六百個泡泡彩虹圈了！
太棒了！我現在有一百一十個了！
你之前只有十個！太少了吧？你一定沒有認真工作。
我覺得十個就很多了啊！

真受不了你！我要努力出任務，等到累積足夠的彩虹圈，就能實現我的願望了！
妳的願望是什麼？
這是祕密！不告訴你！

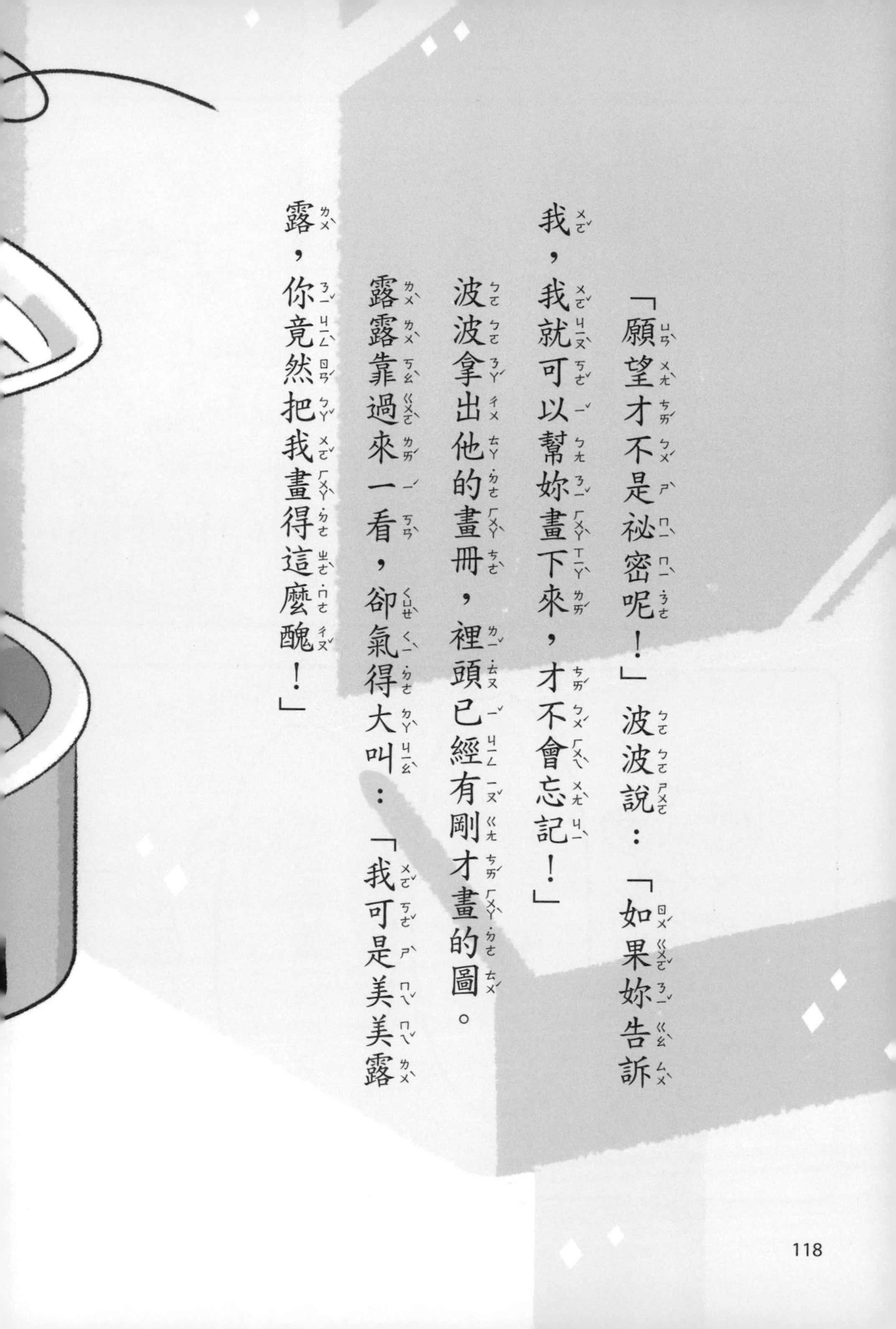

「願望才不是祕密呢！」波波說：「如果妳告訴我，我就可以幫妳畫下來，才不會忘記！」

波波拿出他的畫冊，裡頭已經有剛才畫的圖。

露露靠過來一看，卻氣得大叫：「我可是美美露露，你竟然把我畫得這麼醜！」

我覺得那是妳最勇敢的樣子，很漂亮啊！
波波！你別跑！

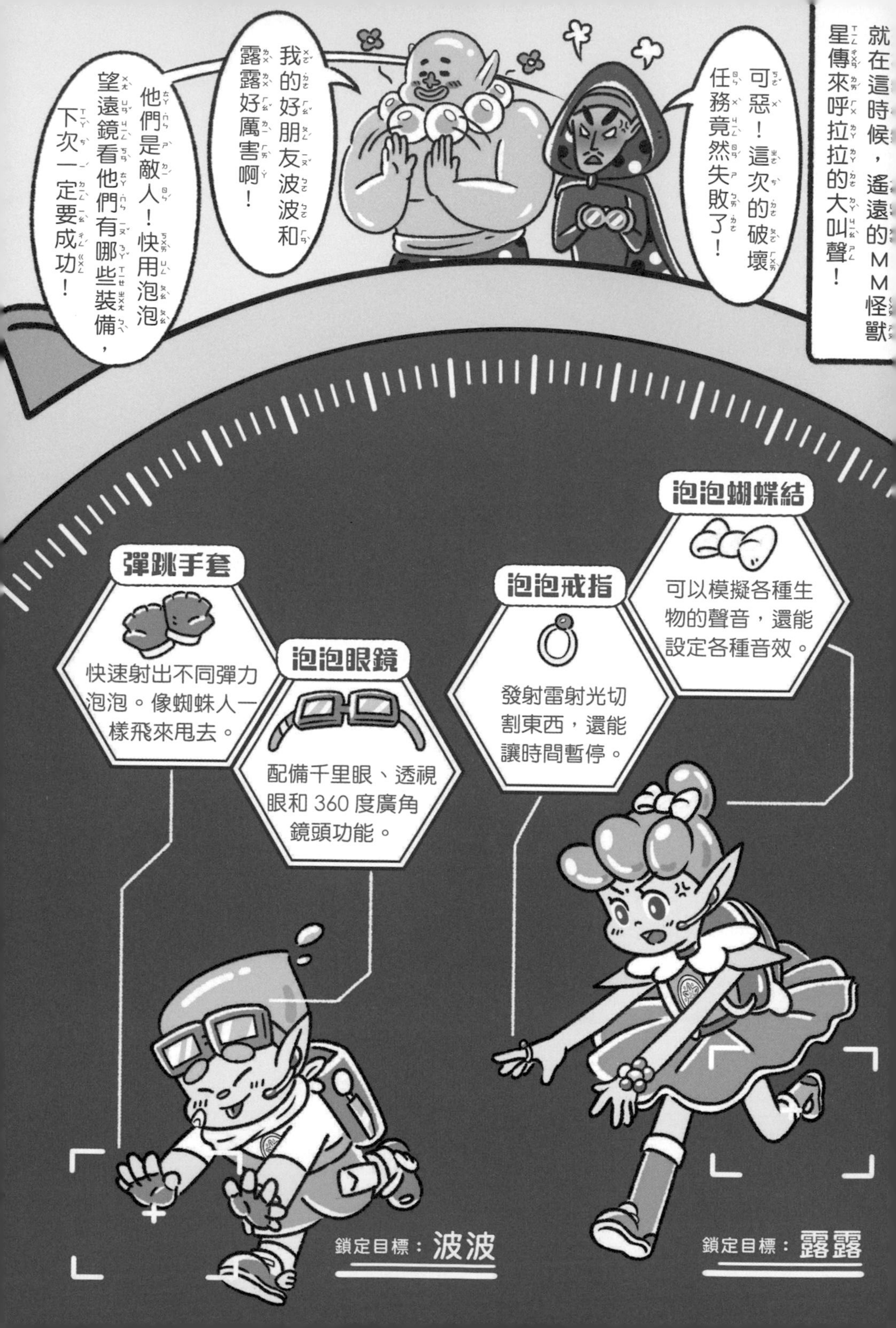

就在這時候，遙遠的MM怪獸星傳來呼拉拉的大叫聲！
可惡！這次的破壞任務竟然失敗了！
我的好朋友波波和露露好厲害啊！
他們是敵人！快用泡泡望遠鏡看他們有哪些裝備，下次一定要成功！
彈跳手套
快速射出不同彈力泡泡。像蜘蛛人一樣飛來甩去。
泡泡眼鏡
配備千里眼、透視眼和 360 度廣角鏡頭功能。
泡泡戒指
發射雷射光切割東西，還能讓時間暫停。
泡泡蝴蝶結
可以模擬各種生物的聲音，還能設定各種音效。
鎖定目標：波波
鎖定目標：露露

綠色泡泡
（任務資料）
顯示許願者資料
實現願望密語

黃色泡泡
（交通道具）
泡泡飛船、泡泡
海陸潛水艇

藍色泡泡
（探險道具）
追蹤泡泡、
泡泡碰碰球

泡泡智慧錶

紅色泡泡
（防衛道具）
黏踢踢泡泡槍、
噴嚏胡椒彈

紫色泡泡
（通訊資訊）
連線泡泡星
資料庫查詢

□ 共同裝備
■ 個人裝備

泡泡耳機
聯繫功能，加上順風耳配備，
能聽到遙遠和超級微小聲音。

泡泡變身器
按下按鈕，大喊：「變身泡
泡！」立刻放大縮小或隱形。

泡泡精靈服
不管在熱沙漠、冰雪地，衣服
都會自動感應溫度，立刻換裝。

彈跳鞋
配合任務，鞋子有青蛙彈力跳
和火箭噴射模式。

泡泡背包
能裝東西，還是傳送特殊道具
的接收袋，有隔空取物功能。

閱讀123